Sanne de Bakker

Help!
De buurman
heeft een aap

Tekeningen van Jenny Bakker

Zwijsen

Toegekend door KPC Groep te 's-Hertogenbosch

1e druk 2006

ISBN 90.276. 6428.5

NUR 286

©2006 Tekst: Sanne de Bakker
Illustraties: Jenny Bakker
Vormgeving: Rob Galema
Uitgeverij Zwijsen B.V., Tilburg

Voor België:
Zwijsen-Infoboek, Meerhout
D/1919/2006/123

Inhoud

1. Een apenkopje met twee treurige ogen

'Kunnen jullie niet wat stiller zijn? Ik ben aan het oefenen!' roept Liselot. Ze hangt met een woedend gezicht uit het raam. Haar viool heeft ze stevig in haar hand geklemd. Toch ziet ze er nog steeds lief uit. Net een boos engeltje.
Thomas knikt en fluistert hard tegen zijn vriendje Bastiaan: 'Pak de bal.' Hij schopt tegen de voetbal die hard wegschiet.
Bastiaan springt de lucht in en vangt hem. 'Waaa!' gilt hij.
Thomas lacht. Ze doen altijd kreten na uit een voetbalwedstrijd. 'Ssst,' sist hij. Hij wijst naar het raam. Er klinkt zachte vioolmuziek. Het is een sombere melodie en het past helemaal niet bij hun stoere voetbalspel.
Beng! De bal knalt tegen Thomas' buik. Hij kreunt en gniffelt. Hij kaatst de bal hard terug. Heel hoog gaat hij. Dan raakt hij een tak. Zoef! De voetbal vliegt zo over het hek heen. In de tuin van de buurman.
'O nee!' roept Thomas geschrokken.
Bastiaan haalt zijn schouders op. 'Maakt niet uit, man. Ik haal hem wel.'
'Nee! Niet doen!' hijgt Thomas.
Bastiaan komt naar hem toe geholderd. 'Niet doen?' herhaalt hij verbaasd. 'En de handtekening dan?'
'Ook dat nog!' zegt Thomas. Op de voetbal staat de handtekening van de grote voetballer Johan

Cruijff. Hij móét de bal wel terughalen. Wat nu?
'Woont er een monster hiernaast?' vraagt
Bastiaan. Hij houdt zijn hand boven zijn gezicht.
Met geknepen ogen tuurt hij naar het huis van de
nieuwe buurman.
'Geen idee,' mijmert Thomas. 'Maar het is wel
een rare man. Weet je dat deze hekken er eerst
helemaal niet stonden?' Hij wijst naar de hoge
hekken rondom het huis.
'Nu je het zegt!' Bastiaans ogen worden groot van
opwinding.
Thomas friemelt nerveus aan zijn haar. Dan zegt
hij: 'De gordijnen zijn altijd dicht. De buurman
gedraagt zich raar. Hij laat nooit mensen in huis.
Behalve vreemde mensen. Maar dat is ook weer
gek. Want die vreemde mensen verlaten zijn huis
altijd met grote dozen. Vind je het niet maf?'
Bastiaan begint te stralen. 'Ik vind het wel
spannend.' Hij stoot zijn vriend aan en zegt: 'Hé
joh, mietje! Je bent bang!'
'Echt niet!' zegt Thomas beledigd.
'Ik zie het toch aan je!' lacht Bastiaan.
Thomas recht zijn rug. 'Welnee man. Wat denk je
wel niet? Poeh!'
Er klinkt een harde knal. Thomas' hart roffelt. Dan
ziet hij dat zijn zus haar raam kwaad heeft
dichtgeslagen. Hij zucht opgelucht.
'Kom, we gaan die bal halen,' zegt Bastiaan.
'Johan Cruijff staat erop. Je bent wel gek als je
hem laat liggen.'
Thomas haalt diep adem. Dan rent hij zijn vriendje

achterna.

'Wie het snelst over het hek is,' zegt Bastiaan.

Thomas zet zijn voet tussen het gaas van het hek.
Hij neemt grote passen naar boven toe. Met zijn
armen trekt hij zich op. Eenmaal boven, springt hij
de tuin van zijn buurman in. Opgelucht kijkt hij
naar het garagepad. Het witte bestelbusje staat er
niet. Grote kans dat de buurman weg is. De
buurman die hij nog nooit goed gezien heeft.
Alleen in de verte.

Vlak erna ploft Bastiaan in het gras. '*Give me high
five*!' roept Bastiaan.

Ze springen hoog de lucht in en slaan elkaar in de
hand.

De bal. Waar is hij? Ze zoeken tussen de struiken.
Achter de bomen. Tussen de wilde bloemen. In de
verte klinkt Liselots vioolmuziek. Een beetje een
huilerig stukje. Met veel grote uithalen naar boven
toe.

'Ik zie hem!' roept Bastiaan.

Thomas kijkt vluchtig om zich heen. Waarom
roept Bastiaan zo hard? Straks is de buurman toch
thuis. Dan worden ze opgesloten in een donkere
kast. Of veel erger nog: dan worden ze vermoord.
En niemand die hen ooit nog terugziet.

Thomas rent naar Bastiaan toe. 'Waar dan?' vraagt
hij.

Bastiaan wijst naar het rechterraam. Daar ligt de
bal in het zonlicht.

Thomas' lichaam staat strak van de spanning. Hij
voelt zich helemaal niet op zijn gemak. Samen

sluipen ze naar de bal toe.

'Het is net als in de film, hè?' fluistert Bastiaan.
Thomas knikt moedig. Was hij maar net zo stoer
als Bastiaan. Eindelijk komen ze bij de bal aan.
'Hebbes,' zegt Bastiaan en hij pakt de voetbal.
Bastiaan zegt nog iets. Maar Thomas hoort het niet
goed. Hij ziet het gordijn bewegen. Verstijfd staat
hij aan de grond genageld. Dan ineens verschijnt
er een klein kopje. Met twee treurige ogen. Een
apenkopje. Heel even maar ... En dan verdwijnt
het weer achter de gordijnen. 'Krijg nou wat!'
piept Thomas. Of heeft hij het zich verbeeld?

2. Detective spelen

'Wegwezen!' fluistert Bastiaan. Hij wijst naar het garagepad. Er komt een wit bestelbusje aangereden.
Thomas en Bastiaan hollen weg van het huis.
Eindelijk komen ze bij het hek aan. Daar groeien veel bomen. Ze vallen gelukkig niet zo op tussen al het groen. Ze gooien de voetbal over het hek.
Nog nooit heeft Thomas zo snel geklommen. Als hij aan de andere kant van het hek neerploft, hapt hij naar adem. Zijn handen voelen pijnlijk aan.
'Zag jij het ook?' vraagt Thomas. Zijn lichaam brandt en gloeit van de inspanning.
'Wat?' vraagt Bastiaan nieuwsgierig.
'Kom mee,' zegt Thomas. Hij trekt Bastiaan mee het huis in. Thomas is als de dood dat iemand hem hoort. Straks krijgt hij ruzie met de buurman omdat hij zijn geheim kent. Dan wordt hij alsnog vermoord.
Ze komen de keuken binnen.
'Een aap,' zegt Thomas.
'Een aap? Wat zeg je nou?' gilt Bastiaan.
'Ssst!' sist Thomas. Maar te laat. Zijn zus springt de keuken in.
'Wat dan?' vraagt Liselot. Haar spierwitte pijpenkrullen veren op en neer.
'O, niets hoor.' Waar bemoeit ze zich mee? denkt Thomas geërgerd.
'Waarom hebben jullie het dan over een aap?'

Liselots ogen twinkelen. Liselots ogen twinkelen altijd als ze graag iets wil weten.

Thomas en Bastiaan klemmen hun lippen stevig op elkaar.

'Zeg nou!' zeurt Liselot. 'Ik zie toch dat er iets aan de hand is. Jullie zien er helemaal wild uit.' Ze knippert met haar dromerige ogen.

Thomas kijkt Bastiaan aan. Samen beginnen ze te lachen.

'Je lijkt wel een kieviet,' giert Thomas tegen Bastiaan. 'Je haar staat rechtovereind.'

Liselot moet ook lachen. 'Nou Thomas, jíj ziet eruit alsof je zojuist een spook hebt gezien.'

Nu houdt Thomas het niet meer. 'Geen spook, maar wel een aap.'

Liselot kijkt Thomas verbijsterd aan.

'Een aap,' zegt Thomas nog eens.

'Wat zeg je nou?' piept Liselot. 'Een aap?'

'Een aap, ja! Bij de buurman.'

'Waarom heb je niets gezegd?' vraagt Bastiaan.

Thomas zucht. 'Omdat de buurman precies op dat moment thuiskwam.'

'Ik snap het niet,' mijmert Liselot. 'Wat deden jullie bij de buurman?'

'Mijn voetbal halen.' Thomas zwijgt een poosje. 'De voetbal was over het hek gevlogen.'

Liselot trekt haar wenkbrauwen op. 'Dat je dat durft, Thomas. Normaal ben je altijd zo'n angsthaas.'

'Poeh! Echt niet.' Thomas is nu erg beledigd. Alsof Liselot nooit bang is.

Bastiaan gniffelt zacht. Hij weet vast dat Liselot een beetje de waarheid spreekt over Thomas.

'Waar zag je die aap dan?'

'Bij het raam. Het raam waar de voetbal lag.'

'Weet je het zeker?' Liselot friemelt nerveus aan haar krullen.

Thomas zwijgt. Weet hij het zeker? Nee, hij weet het niet zeker. Het ging ook zo snel.

Liselot tikt hem aan. 'Wakker worden, broertje.'

Er verschijnt een diepe frons op Thomas' voorhoofd. 'Nee, ik weet het niet zeker. Maar ik denk het wel. Ik stond daar. Het gordijn ging een stukje opzij. Toen zag ik een apenkopje. Heel even maar.'

Moeder komt binnen met een grote wasmand.

Thomas klemt zijn lippen stevig op elkaar.

'Wat een geheimzinnige stilte,' zegt moeder.

'We denken na,' zegt Liselot.

Moeder zet de wasmand op de grond. Ze pakt uit het keukenkastje drie lolly's. 'Hier,' zegt ze, 'dan kunnen jullie beter nadenken.' Ze knipoogt en loopt weg uit de keuken.

'Thomas, jij hebt toch een werkstuk over apen geschreven?' mompelt Liselot. Uit haar mond steekt een wit stokje van de lolly.

Thomas knikt.

'Een aap mag toch niet in huis?' vraagt Bastiaan.

'Absoluut niet!' Thomas denkt terug aan zijn werkstuk. Hij had het gemaakt in groep zeven. Dat was vorig jaar. Hij had er een goed cijfer voor gehaald. Hij was zelfs bij Stichting Aap geweest om vragen te stellen.

Thomas schraapt zijn keel. 'Nee, apen horen niet in huis. Ze worden daar hartstikke gestrest van. Ze gaan vaak ijsberen. Of ze trekken hun haren uit. Of ze bijten zich in hun voeten. Ze worden ook eenzaam. Zo eenzaam dat ze er gek van worden.' Thomas hoort zijn zus zuchten.

'We moeten erheen!' zegt Liselot kordaat.

'Over mijn lijk,' roept Thomas. We kunnen toch ook gewoon de politie bellen!'

'Je weet het toch niet zeker?' vraagt Liselot. 'Je weet toch niet helemaal zeker of je het goed hebt gezien?'

Thomas knikt langzaam.

'Dan moeten we eerst uitzoeken of het klopt!' zegt Liselot dapper.

Thomas rilt van angst.

'Ik vind het een goed plan!' roept Bastiaan. 'Wij gaan detective spelen!'

'Dat kan helemaal niet!' roept Thomas geschrokken. 'De buurman is thuis.'

Bastiaan recht zijn rug. 'Morgen na school kom ik weer spelen. We wachten dan net zolang tot hij weg is!'

3. Een stralend aapje

'Ik ga viool voor hem spelen,' zegt Liselot de
volgende dag. Ze tuurt dromerig uit haar
slaapkamer.
Thomas, Bastiaan en Liselot zitten in Liselots
kamer. Op de uitkijk. Vanuit deze kamer kunnen
ze het garagepad van de buurman het beste zien.
Thomas wordt een beetje duizelig van al het roze
in Liselots kamer. Zelfs het plafond is roze. En de
muren, de kasten, de randjes van de spiegel.
'Horen jullie wat ik zeg?' roept Liselot.
Thomas schrikt op. 'Wat?' Hij heeft er niets van
gehoord. Hij is alleen maar bang voor wat er
komen gaat.
'Ik ga viool voor hem spelen,' zegt Liselot nog
eens.
'Voor wie?' vraagt Bastiaan. Hij kijkt met
geknepen ogen in de verte. Het zonlicht schijnt fel
op het busje van de buurman. Het is verblindend.
'Voor de aap natuurlijk!' antwoordt Liselot
enthousiast.
'Doe me een lol,' snauwt Thomas.
'Ik doe het niet voor jou. Ik doe het voor de aap.'
Thomas tuurt naar zijn zus. Ze ziet er veel te blij
uit. Zeker voor iemand die straks iets spannends
gaat doen. 'Ik vind het een slecht plan. Straks
worden we gesnapt omdat jij zo nodig viool moet
spelen.'
Liselot haalt haar schouders op. 'Ik heb gelezen

dat apen van klassieke muziek houden. Ze worden
er rustig van.'

Het is even stil in de kamer. De blaadjes aan de
bomen ritselen in de wind.

'Waar heb je dat dan gelezen?' vraagt Bastiaan.
Hij gluurt nog steeds naar buiten. Alsof hij nu al
een echte detective is.

'Weet ik niet meer,' zegt Liselot. 'Maar ik weet
het zeker. Ik heb het echt ergens gelezen.'

Thomas gniffelt. Soms weet hij niet zeker of zijn
zus de waarheid spreekt of liegt. Ze kan zo serieus
kijken met die lange krulwimpers van haar. Ook
als ze iets verzint.

'Ik verzin het echt niet, hoor. Ik heb ...'

'Daar gaat hij!' gilt Bastiaan.

Geschrokken kijkt Thomas naar buiten. Daar ziet
hij in de verte de buurman naar zijn busje lopen.
De buurman opent het portier. Hij stapt in. De
motor van de auto begint zacht te grommen. Dan
rijdt hij weg. De kiezelstenen knarsen onder de
wielen.

Bastiaan springt op. '*Lets go!*'

Liselot pakt haar viool uit de hoek van haar kamer.
Ze doet hem in haar rugzak. 'Anders krijg ik mijn
viool nooit mee het hek over,' mompelt ze.

Thomas blijft stokstijf staan. 'Ik vind het nog
steeds een slecht idee,' zegt hij streng.

Bastiaan stoot hem aan. 'Laat haar nou. Als het
werkt ... Stel dat er een aapje is, dan ...'

'Kom op, jongens,' zegt Liselot ongeduldig. 'We
hebben geen tijd te verliezen.'

'Oké,' zucht Thomas.

Ze sprinten de trap af.

'Waar gaan jullie heen!' roept moeder. Ze staat met haar handen in de zij onder aan de trap.

'Vertellen we later wel!' roept Liselot als ze langs moeder flitst.

Ze hollen de tuin in. Vlak achter de eikenboom klimmen ze het hek over.

Maar hopen dat moeder dit niet ziet, denkt Thomas. Maar dat zal wel niet. Meestal is ze toch druk aan het schilderen. De hele dag door maakt moeder schilderijen van kikkers. Nooit iets anders dan kikkers.

Plof! Thomas, Liselot en Bastiaan staan aan de andere kant van het hek. Thomas is iets te hard neergekomen. Zijn enkel brandt een beetje van de pijn.

'Ssst,' sist Bastiaan als hij in de richting van het huis loopt.

Thomas vindt het veel te griezelig. Het zweet breekt hem uit.

Ze komen bij het raam.

'Dit raam?' fluistert Liselot.

Thomas en Bastiaan knikken.

Er hangen groene gordijnen achter het raam. Het ziet er somber uit. Op de vensterbank ligt een laagje stof.

Liselot pakt haar viool uit haar rugzak.

Met trillende hand grijpt Thomas Liselots schouder beet. 'Niet doen,' zegt hij bangig.

'Wel!' zegt Liselot. 'Ik speel heel zacht. Echt

waar.'

'Laat haar maar.' Bastiaan geeft Thomas een schouderklopje. Hij heeft een valse grijns op zijn gezicht.

'Ik ben heus niet bang, hoor,' bibbert Thomas.

Dan begint Liselot te spelen. Heel zacht. Het is een zangerig stukje. Het heeft iets van een wiegelied. Heel vriendelijk. Maar hoe zacht ze ook speelt, voor Thomas is het alsof de volumeknop op tien staat. Hij is bang dat het aan het eind van de straat te horen is.

Zo staan ze een tijdje. Alle drie staren ze naar het raam. Liselot strijkt zwierig met haar stok langs de snaren. Dan speelt ze een stukje met hoge tonen. Zo hoog als het gefluit van de vogels.

En dan ... dan schuift het gordijn iets opzij.

'Wel alle bliksem!' stottert Bastiaan. 'Je hebt gelijk, man!'

Twee treurige ogen turen naar buiten. Ze zien een apenkopje met gelig haar en twee pikzwarte ogen. Het is stil.

'Speel verder,' piept Bastiaan tegen Liselot.

Liselot legt haar stok weer op de snaren. Ze speelt zachtjes een somber lied met af en toe gekke, hoge klanken.

Het aapje houdt zijn hoofd een beetje schuin. Het lijkt alsof zijn zwarte kraalogen beginnen te stralen. Thomas krijgt er een warm gevoel van.

'Wat moet dat hier?' klinkt het ineens achter hen. Met een ruk draait Thomas zich om. Daar staat een grote man. Het is de buurman! Thomas herkent

zijn grijze jas. De buurman torent hoog boven hen uit. Hij is zo behaard dat hij zelf wel op een aap lijkt.

'Nou?' vraagt de man poeslief.

4. Meneer J. Aap

'Nou,' stottert Liselot. 'We zagen dat aapje en ...'
Oef! denkt Thomas. Waarom zegt Liselot dat nou?
De buurman verstijft van de schrik. Dan glimlacht
hij ineens vriendelijk. Zijn stem klinkt mierzoet.
'Vertel verder.'
'Je begint verkeerd,' zegt Bastiaan tegen Liselot.
Ook Bastiaan ziet er nu bangig uit. 'Onze voetbal
vloog over het hek. We konden hem nergens
vinden. En toen zagen we ineens het aapje.'
Thomas houdt zijn adem in. Als dit maar goed
afloopt.
Liselot recht haar rug en zegt: 'En ik heb ergens
gelezen dat aapjes van klassieke muziek houden.'
Ze tilt haar viool een stukje omhoog en knikt
ernaar. 'Dus toen dacht ik: ik ga viool voor hem
spelen.'
'Zo zo,' zegt de buurman. Zijn borstelige
wenkbrauwen gaan een klein beetje op en neer. Hij
vouwt zijn handen samen. Dan vraagt hij: 'En hoe
reageerde hij?'
'Hij ging helemaal stralen!' zegt Thomas
voorzichtig.
'Werkelijk?' vraagt de buurman. Hij wrijft over
zijn behaarde armen. Er klinkt een raspend geluid.
Thomas, Liselot en Bastiaan knikken.
'Dan willen jullie vast kennis met hem maken.' De
buurman tikt Liselot op haar schouder. 'Zou je dan
nog een stukje voor hem willen spelen?'

'Ja natuurlijk!' roept Liselot blij.

Thomas krijgt het een beetje benauwd.

Kennismaken met de aap? En dan het huis in van de vreemde buurman? Ineens schrikt hij op door een por in zijn zij. Het is Bastiaan.

'Kom op,' fluistert Bastiaan.

Ze volgen de buurman een donkere gang in. Het is er een beetje spokerig. Hier en daar hangen spinnenwebben aan het plafond. Net of de buurman al zijn hele leven in dit huis woont. Ook hangt er een muf luchtje.

De behaarde buurman opent de eerste deur rechts.

'Kom maar,' zegt hij. Hij wenkt naar Thomas, Bastiaan en Liselot.

Er klinkt een klik. De buurman heeft het licht aangedaan.

De kamer lijkt op een oerwoud. Overal hangen grote touwen. Ook staat er een boom in een grote pot aarde. Door een kiertje van het gordijn straalt een bundeltje licht.

Er klinkt gekraak. Thomas tuurt naar boven. Daar ziet hij het aapje. Hij zit muisstil op een tak van de boom. Hij staart Thomas met grote ogen aan.

'Het is een gele baviaan. Een jonkie nog,' zegt Thomas. Hij voelt zich helemaal niet op zijn gemak.

'Goed gezien,' zegt de buurman vriendelijk.

'Een mannetje,' zegt Thomas gespannen.

'Huh?' mompelt Bastiaan. 'Hoe weet jij dat?'

'Vanwege mijn werkstuk. Een mannetje heeft langer haar op de schouder. Net als deze aap. En

hij heeft onbehaarde, glanzend zwarte stukken op de heupen.'

'Hij heet Jaap,' onderbreekt de buurman het gesprek. 'Of eigenlijk heet hij: Meneer J. Aap. Maar hij luistert naar Jaap.'

Thomas, Bastiaan en Liselot beginnen hard te lachen. Jaap! Wat een naam voor een aap.

'Is hij niet eenzaam?' vraagt Liselot ineens.

'Welnee!' zegt de buurman. Hij loopt naar Jaap en tilt hem uit de boom. Zachtjes begint hij Jaap over zijn bol te aaien.

'Maar ze leven toch altijd in grote groepen?' vraagt Thomas. Oeps! Waarom zegt hij dit nou? Straks wordt de buurman boos. Maar het is ook zo dubbel. Aan de ene kant ziet hij een tevreden aap. Aan de andere kant weet hij dat dit niet mag.

De buurman kijkt peinzend voor zich uit. Dan zucht hij diep. Ondertussen friemelt Jaap aan zijn oorlel.

'Ja,' mijmert de buurman, 'kon dat maar. Kon hij maar gewoon tussen zijn apenvriendjes wonen.'

De buurman kust Jaap op zijn kopje.

'Eu eu eu,' zegt Jaap zachtjes.

'Waarom kan dat dan niet?' vraagt Bastiaan.

De buurman schraapt zijn keel. 'Ik heb hem uit Oost-Afrika meegenomen. Daar moest ik zijn voor mijn werk. De boeren in Oost-Afrika zien de apen als ongedierte. Omdat ze het land slopen.' De buurman zwijgt een poosje. Zijn ogen staan treurig.

Wat een rare mensen daar! denkt Thomas. Hoe

kunnen ze apen nou als ongedierte zien?

'Toen ik zag dat deze aap hard werd geschopt ...'

'Wat?!' gilt Liselot.

De buurman knikt treurig. 'Geschopt ja!
Mishandeld! Toen ik dat zag, heb ik hem gered. Ik
dacht: hij moet hier zo ver mogelijk vandaan. Hij
is nog een baby. En zijn moeder was nergens te
bekennen. Ik denk dat zij dood is gegaan.'

'Ook door de boeren?' vraagt Bastiaan.

'Ik vrees van wel,' zegt de buurman ernstig. Hij
tikt Liselot aan en zegt: 'Speel 's wat!'

'Ja Liselot,' zegt Thomas. 'Laat 's wat horen.'

Liselot giechelt. 'Dat heb je nog nooit tegen me
gezegd, broertje.'

Thomas haalt zijn schouders op.

Dan legt Liselot haar kin op de viool. Ze begint
sierlijk met haar stok over de snaren te strijken. Ze
speelt een vrolijk zigeunerlied. Het huppelt vrolijk.
Dan komen de korte nootjes. Thomas kan het bijna
meezingen. Dit liedje heeft zijn zus zo vaak
gespeeld.

Jaap begint weer te stralen.

'Hij wordt er helemaal rustig van!' roept de
buurman blij.

'Liselot, Thomas en Bastiaan ... waar zitten
jullie!' klinkt het hard van buiten. Het is moeder.

De buurman lijkt te schrikken. Hij legt zijn
behaarde hand op Liselots schouders. 'Willen
jullie me één ding beloven?'

Liselot kijkt de buurman vragend aan.

'Praat er met niemand over. Als de politie erachter

komt dat ik een aap heb ...'

'Wat dan?' vraagt Thomas als de buurman niets meer zegt.

'Dan wordt hij opgehaald door de douane. En dan krijgt hij een spuitje.' De buurman heeft een strakke blik in zijn ogen. 'Ik leg het later wel uit. Ga nu snel naar huis. Jullie zijn altijd van harte welkom.' Hij wendt zich tot Liselot. 'Neem jij je viool weer mee, de volgende keer?'

5. Een dwergpapegaai?

'Waar zaten jullie nou?' vraagt moeder geërgerd.
'Bij de buurman,' flapt Liselot eruit.
Thomas geeft een harde por in Liselots zij.
'Au!' roept Liselot.
'Bij de buurman?' zegt moeder verbijsterd.
'Hij heeft een dwergpapegaai,' liegt Bastiaan.
O, denkt Thomas opgelucht. Als hij Bastiaan toch
niet had. Die bedenkt altijd weer goede dingen.
'Een dwergpapegaai?' herhaalt moeder.
'Ja, een dwergpapegaai,' zegt Thomas kordaat.
'Wat moeten jullie nou met een dwergpapegaai?'
Vol ongeloof kijkt moeder Thomas aan.
'Wat moet jij met kikkers?' vraagt Liselot.
'Ja zeg!' Moeder zet beledigd haar handen in haar
zij. 'Ze schilderen natuurlijk.'
'Nou dan,' zegt Liselot.
Dat slaat nergens op, denkt Thomas. Nou dan!
Maar Liselot zegt wel vaker dingen die nergens op
slaan.
Moeder is duidelijk de kluts kwijt. Verstrooid tuurt
ze door haar wilde bos haar. Haar haar valt altijd
alle kanten uit. Dus het zit ook vaak voor haar
ogen. 'Maar jongens,' zegt ze dan. 'Waarom gaan
jullie naar die dwergpapegaai?'
'Omdat hij van klassieke muziek houdt,' zegt
Bastiaan.
Liselot, Bastiaan en Thomas beginnen hard te
lachen. Dat klinkt onnozel: een dwergpapegaai die

van klassieke muziek houdt!

'Geloof je het zelf?' zegt moeder. Ze ziet er een beetje boos uit nu. Haar ogen staan fel.

Liselot knikt. 'Echt waar, hoor!'

'Jongens,' zegt moeder kwaad, 'nu is het afgelopen! Er woont een vreemde man naast ons. Ik vind het geen goed idee dat jullie daar langsgaan. Een dwergpapegaai! Poeh hé! Een dwergpapegaai die van klassieke muziek houdt. Straks zeggen jullie nog dat hij kan dansen en zingen!'

'Hij kan niet dansen, maar wel zingen,' piept Liselot. Ze heeft haar hoofd gebogen.

'En de buurman is best aardig, hoor,' zegt Thomas voorzichtig.

'Zeker,' fluistert Bastiaan.

'Nou, wat het ook is ... Ik wil niet dat jullie er nog heen gaan!' Moeder loopt weg. Ze wuift met haar hand. Net of ze een vlieg van zich af wil slaan.

'Over een halfuur eten we,' roept ze over haar schouder.

Met z'n drieën zitten ze in Thomas' kamer.

In Thomas' kamer is het een grote bende. De vloer ligt bezaaid met dvd's en stripboeken.

Alle drie zwijgen ze een tijdje. Beneden klinkt het gekletter van pannen. Moeder maakt altijd veel herrie als ze kookt. Net of ze er eigenlijk geen zin in heeft. Ze maakt nog meer herrie als ze kwaad is. Zoals nu.

Bastiaan denkt aan de buurman. Het is wel raar.

Waarom zou de aap een spuitje krijgen van de douane? Zover hij weet gaan apen altijd naar Stichting Aap.

'Het is toch gek, hoor!' zegt Bastiaan ineens.

'Wat?' vraagt Liselot.

'Nou, van dat spuitje,' zegt Bastiaan.

Het is alsof Bastiaan Thomas' gedachte leest. Thomas gaat kaarsrecht zitten. 'Dat zit ik ook net te denken. Een spuitje. Zo gaat dat toch niet?'

'Jij kunt het weten,' zegt Liselot. 'Vanwege je werkstuk.'

'Nou ja, ik weet natuurlijk niet alles. Maar meestal gaan apen naar Stichting Aap. Daar worden ze verzorgd. Totdat ze weer in orde zijn.'

'Maar Jaap is best in orde,' zegt Bastiaan.

'Ja, Jaap wel, denk ik.' Thomas denkt diep na. Is Jaap in orde? Zeker weten doet hij het niet. Dan zou hij Jaap vaker mee moeten maken.

'Maar wat gebeurt er dan als ze weer in orde zijn?' vraagt Liselot.

'Dan gaat zo'n aap naar de dierentuin. En dan heeft hij weer veel vriendjes.'

'Maar hoe weet je of een aap niet in orde is?' Liselot tuurt bezorgd uit het raam.

'Kijk,' zegt Thomas geleerd. 'Wilde dieren kun je niet tam maken. Eerst is het een baby'tje. Z'n baas geeft hem de fles. Ook geeft zijn baas hem veel aandacht.'

'O,' zegt Liselot zweverig. 'Dat lijkt me leuk, zeg. De fles geven aan een aapje.'

'Maar,' gaat Thomas verder, 'dan wordt de aap

ouder. Hij houdt niet meer zo van knuffelen. Hij wil liever zélf de baas zijn. Zo'n aap wordt diep ongelukkig. Uit protest gaat hij dan bijten.'

Er verschijnt een bezorgde frons in Liselots voorhoofd.

Bastiaan draait zich om en vraagt: 'Is het gevaarlijk als ze bijten?'

'Heel gevaarlijk,' zegt Thomas. 'Ze hebben grote hoektanden. Daarmee kunnen ze je flink verwonden.'

'Morgen gaan we er weer heen!' zegt Liselot kordaat. 'We moeten zo snel mogelijk te weten komen of hij gelukkig is.'

'En als hij dat niet is?' vraagt Bastiaan.

'Dan moeten we naar de politie!' zegt Liselot.

6. Een luik

'Hè hè,' zucht Liselot de volgende dag. 'Eindelijk gaat ze weg!'
Thomas rent naar het raam. Hij ziet moeder weglopen. Onder haar arm houdt ze een schilderij. Hij ziet nog net de kop van de kikker boven haar arm uitsteken. Heeft ze toch weer iemand gevonden die een kikker van haar wil kopen.
'Kom!' roept Bastiaan.
Met z'n drieën rennen ze de trap af. Het is fris buiten. Een waterig windje snijdt in Thomas' nek.
'Heb je je viool?' vraagt Thomas aan zijn zus. Liselot gniffelt en knikt.
Bastiaan tikt Thomas aan. 'Je moet goed opletten, hè! Als je iets vreemds aan Jaap ontdekt, dan is hij niet in orde.'
'Jaha!' zegt Thomas geërgerd. Dit heeft Bastiaan wel al honderd keer gezegd. Net of Bastiaan hoopt dat Jaap ongezond is. Zodat ze naar de politie kunnen.
Ze bellen aan bij de buurman. Er klinkt een harde *ding dong*. Jaap zal er wel van schrikken.
Liselot, Bastiaan en Thomas wachten een tijdje. Maar er wordt niet opengedaan.
'Hé,' zegt Bastiaan ineens. 'Hij is helemaal niet thuis.'
Inderdaad! Het witte bestelbusje staat er niet.
'Wat jammer nou!' piept Liselot.
'Nogal, ja,' zegt Thomas. 'Nu moeten we straks

weer wachten tot mama weg is. En dat komt niet
vaak voor.'

'Ik weet wat,' zegt Bastiaan. 'We gaan gewoon
weer naar het raam van Jaaps kamer.' Bastiaan
legt zijn hand op Liselots schouder. 'Als jij nou
viool speelt, dan komt Jaap wel tevoorschijn.
Vanachter het gordijn.' Bastiaan tikt Thomas aan.
'En dan moet jij goed kijken of ...'

'Ja ja,' onderbreekt Thomas hem. 'Ik moet kijken
of ik iets vreemds zie. Kale plekken, wondjes ... ga
zo maar door. Ik zal goed opletten, Bastiaan!'
Thomas begint het nu heel irritant te vinden. Elke
keer zegt Bastiaan weer dat hij goed moet opletten.
Dat doet hij heus wel.

Liselot, Bastiaan en Thomas lopen naar de
achterkant van het huis. Het is een beetje modderig
in de tuin. Bij elke voetstap klinkt een zuigend
geluid.

Ze komen bij het raam. Liselot begint te spelen.

'Stop!' fluistert Bastiaan hard. Hij wijst naar de
deur. 'Kijk dan, de deur staat open.'

Thomas houdt zijn adem in.

'Kom,' zegt Bastiaan. 'We gaan naar binnen.'

Thomas voelt een dreun in zijn hart. Naar binnen?
Echt niet! Straks komt de buurman onverwachts
thuis. Hij moet er niet aan denken!

'Niet zo bang doen,' zegt Bastiaan stoer. Spottend
kijkt hij naar Thomas en Liselot.

Thomas voelt zich geremd. Niets in hem beweegt.
Hij durft niet! Net als zijn zus Liselot.

Bastiaan haalt zijn schouders op. Hij loopt naar de

deur. 'Schijtlijsters,' mompelt hij.

'Echt niet!' roept Thomas beledigd. Poeh! Wat denkt Bastiaan wel niet. Dat hij bang is? Thomas voelt zich ineens sterk worden. Met grote stappen loopt hij achter Bastiaan aan, het huis in. 'Kom Liselot,' zegt hij dapper.

Liselot glimlacht wrang. Ze loopt mee naar binnen.

Het is donker in de gang. Een benauwd gevoel beklemt Thomas' hart. Toch wil hij zich groot houden. Hij kan toch niet altijd zo'n angsthaas blijven?

Langzaam opent Bastiaan Jaaps kamer. De deur piept akelig. Ze gaan naar binnen.

Plof! Jaap springt ineens van bovenaf voor hun voeten. Hij begint nerveus te kermen. Druk springt hij heen en weer. Zijn zwarte kraalogen zijn groot. Het lijkt wel of hij bang is.

'Hij gaat toch niet bijten, hè?' vraagt Liselot. Ze staat achter Thomas en gluurt over zijn schouder naar Jaap.

'Zeg Liselot, speel gewoon wat. Wie weet wordt hij dan weer rustig,' zegt Bastiaan.

Het is even stil. Dan pakt Liselot haar viool. Ze begint heel zuiver te spelen. Het is een liedje over de liefde. Tenminste, Thomas kan zich herinneren dat Liselot dat ooit heeft verteld. De melodie klinkt vriendelijk en zacht.

Maar Jaap wordt deze keer helemaal niet rustig. Hij gaat steeds wilder springen en hij wijst naar de vloer. 'Eu eu eu!' roept hij steeds.

O, als de buurman maar niet thuiskomt, denkt Thomas. Hij voelt zijn blaas trekken. Straks plast hij in zijn broek!

Liselot speelt rustig door. Maar mooi klinkt het niet meer. Jaap gromt en bromt en springt. En Liselots vioolmuziek jankt vals door de kamer. Bastiaan hurkt ineens. Voorzichtig steekt hij zijn hand uit.

'Wat doe je?' vraagt Thomas geschrokken.

'Hem aaien,' zegt Bastiaan koeltjes.

'Niet doen, hoor! Straks bijt hij.'

Bastiaans hand begint een beetje te beven. Toch aait hij over Jaaps hoofdje. Maar Jaap slaat zijn hand weg. Hij rent alle kanten op. Dan gaat hij weer voor Thomas, Liselot en Bastiaan staan. Hij wijst weer naar dezelfde plek. Zijn ogen zijn groot van angst.

Ineens is het stil. Liselot is opgehouden met spelen. 'Zou daar iets zijn?' vraagt ze. Haar stem klinkt mager. Ze is duidelijk bang.

'Wat dan?' vraagt Thomas. Hij heeft het benauwd. Het liefst zou hij wegrennen. En hier nooit meer terugkomen. Maar dan laat hij Jaap in de steek. Dat is niet goed.

Bastiaan schuift het kleedje opzij dat op de vloer ligt.

Het wordt nog stiller. Jaap staart muisstil naar het luik! Een luik! Onder het kleed zit een luik!

'Een luik!' piept Thomas. Hij hurkt neer. Met trillende hand tilt hij het luik omhoog. Thomas, Liselot en Bastiaan turen naar beneden. Ze zien

alleen het begin van een laddertje en een donker
gat. Maar er hangt een touwtje vlak naast het
laddertje. Thomas trekt eraan. Het licht springt
aan.
Met bonzend hart gaat Thomas het laddertje af.
'Wat stoer van je, broertje,' hoort hij zijn zus
zeggen.
'En?' vraagt Bastiaan.

7. Te koop ...

Het is alsof de tijd langzamer gaat. Langzamer dan
normaal. Maar Thomas ziet het goed. Om hem
heen staan allemaal kooien! Kooien vol aapjes!
'Kom naar beneden!' piept Thomas. Hij hoort wat
gestommel achter zich. Dan staan Bastiaan en
Liselot ook in de kelder.
'Krijg nou wat!' roept Bastiaan.
'Nee!' stamelt Liselot.
Allemaal verschillende soorten apen. Gele
bavianen, zoals Jaap. Groene meerkatten met hun
zwarte kopjes en witte buiken. Berberaapjes
waarvan de staart een klein knopje is.
Doodshoofdaapjes met hun roze gezichtjes. En
klauwaapjes met hun oorpluimpjes. Thomas kent
ze allemaal.
'Wat erg!' piept Liselot.
'Heel erg,' zegt Thomas. Hij voelt een brok in zijn
keel.
'Zijn ze gezond?' vraagt Bastiaan.
Thomas gaat iets dichter bij de kooien staan. Er
hangt een zware lucht in de kelder. Een paar
aapjes turen wantrouwig naar hem. Ze zien er niet
gezond uit. 'Nee, niet echt,' zegt Thomas.
'Hoe weet je dat?' vraagt Liselot.
Thomas zucht. 'Ze zijn broodmager.' Hij wijst
naar de berberaapjes. 'Kijk, ze hebben allemaal
kale plekken. Dat hebben ze zelf gedaan. Als ze
gestrest raken, trekken ze hun eigen haren eruit.'

'En dan zitten ze ook nog eens in zo'n donker hol,' zegt Liselot.

'Ook niet best, hè?' vraagt Bastiaan aan Thomas.

'Nee, absoluut niet best. Ze hebben daglicht nodig. En natuurlijk ook frisse lucht. En ze zitten in veel te kleine kooien. Ze kunnen zich helemaal niet bewegen.'

Tot nu toe waren de aapjes doodstil. Maar eentje begint te kermen. Hij steekt zijn handje door de tralies heen.

Voorzichtig tikt Thomas het handje aan. Zijn vingertjes zijn hard en dun. 'We komen jullie redden, hoor,' zegt Thomas. 'Jullie zijn straks allemaal weer vrij!'

Liselot begint te snikken en te hikken. 'Ik word hier zo verdrietig van!' Tranen rollen over haar wangen. Haar schouders schokken.

'Ik ook,' zegt Bastiaan. Hij aait Liselot over haar haar. 'Maar het komt heus goed! Binnenkort zijn ze allemaal vrij.'

'Denk je dat echt?' snottert Liselot.

Bastiaan knikt.

Thomas glimlacht. Hij kent Bastiaan alleen maar stoer. Maar nu doet hij ineens heel lief. Zou hij verliefd zijn op Liselot?

'Speel 's wat!' zegt Bastiaan.

'Nee joh!' gilt Thomas. Straks komt de buurman thuis. Dan hebben we echt een probleem.

Bastiaan kijkt hem smekend aan. 'Heel even maar.'

'Eu eu!' klinkt het boven hen.

41

Verschrikt kijkt Thomas op. O, dat is Jaap. Die
waren ze helemaal vergeten. Jaap zit bij de
opening van het luik. Hij tuurt naar beneden.
'Het komt goed, Jaap!' zegt Thomas tegen Jaap.
Ineens klinkt Liselots vioolmuziek. Thomas
bekijkt de aapjes. Hun oogjes stralen. Ze zien er nu
heel gelukkig uit. Ondanks hun kale plekken en
magere lijfjes.
Boink!
'Stop!' gilt Thomas. Hij verstijft. 'Wat was dat?'
'Wat?' vraagt Liselot.
'Ik hoorde iets.'
'Ik ook.' zegt Bastiaan. Hij klimt snel het laddertje
op en slaat het luik dicht. 'Sorry Jaap,' mompelt
hij. 'Kom hier.' Bastiaan wenkt naar Thomas en
Liselot. Hij wijst naar een grote plank die tegen de
muur in de kelder staat. 'Hier verstoppen we ons.
Ik doe alvast het licht uit.'
Zodra Liselot en Thomas zich achter de plank
hebben gewurmd, gaat Bastiaan op zijn tenen
staan. Klik! Het licht is uit. Het is aardedonker.
Thomas hoort zijn zus ademen. Hij wordt er
bloednerveus van. Hij bijt stevig op zijn wang.
Even later klinkt een snerpende piep. Het wordt
een klein beetje lichter in de kelder.
'Hier is het!' klinkt een donkere stem. Het is de
buurman.
Het licht gaat aan.
Thomas krijgt het verschrikkelijk warm. Zijn trui
prikt op zijn huid.
'Wat schattig!' hoort Thomas een stem zeggen.

'Ja,' zegt de buurman, 'ze zijn zo zoet. En heel geschikt als huisdier. U wilde toch zo'n meerkat?'
'Jazeker wel,' zegt de vrouw. 'Maar is het niet zielig als hij alleen is? Zonder maatjes?'
'Welnee,' zegt de buurman. 'Meerkatten zijn geen groepsapen. Ze zijn het liefst alleen.'
Dat liegt hij! denkt Thomas. Hij wil bijna tevoorschijn springen en roepen: 'Dat is niet waar! Meerkatten leven juist wel in groepen. In groepen van twintig apen zelfs!' Maar Thomas kan zich net inhouden.'
'Mevrouw Blijboom,' zegt de buurman.
'Zeg maar Tineke, hoor,' zegt de vrouw.
Tineke Blijboom, denkt Thomas. Dit moet ik onthouden. O Liselot, adem niet zo hard. Thomas heeft het nog nooit zo benauwd gehad.
'Tineke,' zegt de buurman, 'voor 300 euro mag u hem hebben.'
'Verkocht!' zegt Tineke blij.

'Ik durf niet weg,' zegt Liselot.
Ze zitten nog steeds in de kelder. De buurman en Tineke zijn allang weer weg. Met de meerkat. De arme aap!
'Hij is heus weg, Liselot,' zegt Bastiaan. 'Ik heb de deur twee keer dicht horen slaan. Dus eerst is die Tineke weggegaan. En later de buurman.'
Er klinkt wat gestommel. Dan gaat het licht weer aan. 'Het was even zoeken,' zegt Bastiaan tevreden. Hij staat op het laddertje. Hij heeft nog steeds het touwtje van het licht in zijn hand.

'Kom!'
Thomas is doodsbang. Maar hij wil hier ook zo
snel mogelijk weg. 'Kom Liselot.'
Met een akelig piepje duwt Bastiaan het luik open.
Liselot, Thomas en Bastiaan weten niet hoe snel ze
hier weg moeten komen.
Ze strompelen het laddertje op. Jaap zit in zijn
boom. Hij kijkt met verdrietige ogen naar Thomas.
'We komen je snel redden, Jaap,' zegt Thomas.
Ze rennen de kamer uit, de gang op, de tuin in.
Dan klimmen ze over het hek. Het is te riskant om
via de voordeur het huis te verlaten.

Hijgend en puffend komen ze de slaapkamer van
Liselot binnen. Moeder is gelukkig nog niet thuis.
'Kijk, daar heb je 'm weer,' zegt Liselot. Ze staat
tevreden bij het raam.
Met een heleboel gebrom rijdt het witte
bestelbusje van de buurman het pad op.
'Kom, we gaan naar de politie,' zegt Thomas
dapper.
Maar ineens kijkt Liselot hem verschrikt aan.
'Wat is er?' vraagt Bastiaan. 'Durf je niet naar de
politie?'
'Mijn viool!' piept Liselot.
'Wat? vraagt Thomas voorzichtig.
'Mijn viool ligt nog in de kelder!'

8. De politie

'Je viool ligt nog in de kelder?' vraagt Thomas angstig. Hoe kan ze nou zo stom zijn?
'Sorry,' piept Liselot. Haar onderlip trilt een beetje. Haar gezicht is wit als een spook.
'O la la!' zegt Bastiaan. Hij zwijgt even. Dan zegt hij met een ernstig gezicht: 'Nog meer reden om snel naar de politie te gaan. Kom!'
Wat voelt Thomas zich ellendig nu. Het zweet breekt hem uit. Straks heeft de buurman de viool al gevonden. Dan weet hij dat ze in zijn huis zijn geweest.
Ze rennen de trap af. Dat maakt enorm veel kabaal. Het is een houten trap met krakende treden.
De voordeur zwaait open. Daar staat moeder met een doos vol boodschappen. Een windvlaag waait de gang binnen. Moeders haar zit wild alle kanten op.
'Waar gaat dat heen?' vraagt moeder.
Thomas, Liselot en Bastiaan staan doodstil in de gang.
'Nou?' vraagt moeder.
'Naar de politie,' piept Liselot.
'De politie? Waarom? Wat moeten jullie daar?'
Moeders woorden struikelen bijna over elkaar heen.
'De buurman handelt in apen,' zegt Thomas. Nu mag moeder het wel weten. Ze gaan de buurman

toch aangeven.

'Het wordt steeds gekker,' zegt moeder verward.
'Eerst heeft hij een dwergpapegaai. En nu ineens handelt hij in apen.'

'Hij heeft geen dwergpapegaai,' zegt Bastiaan. Het is duidelijk te zien dat Bastiaan zich niet op zijn gemak voelt.

'Dat hadden we gelogen.' Liselot tuurt naar de grond.

'Maar hoe komen jullie erbij dat hij in apen handelt?' vraagt moeder.

Thomas haalt diep adem. Dan vertelt hij het hele verhaal. Over de buurman die hen in de tuin had betrapt. Over Jaap. Over dat de aapjes spuitjes krijgen. En over de kelder.

'Ik ga met jullie mee!' zegt moeder kordaat.

'Een apenhandelaar,' zegt de agent.

Ze zitten bij de politie. In een kamertje met grijze gordijnen.

'Hoe heet deze man?' vraagt de agent. Hij heeft een vrolijke krulsnor.

Thomas heeft geen flauw idee. Ze hebben het niet aan hem gevraagd. Hij heet gewoon: de buurman.

'Meneer Bruinsma,' antwoordt moeder.

Wat goed dat moeder dit weet, denkt Thomas.

'En hij lijkt zelf ook wel op een aap,' zegt Liselot.

De politieagent brult van het lachen. Dan verschijnen er wel honderd rimpels in zijn voorhoofd. 'Die zoeken we al heel lang.' De agent zegt dit zo zacht dat het bijna niet te horen is.

Het is even stil.

Dan zegt moeder ineens: 'Maar zo moeilijk moet het toch niet zijn om zo'n man te vinden?'

'Hij verhuist steeds,' zegt de agent. De agent loopt naar een grote, grijze kast. Hij opent een la. Na een tijdje komt hij met een map. Die legt hij op tafel. 'Dit is zijn dossier. Moet je opletten.'

De agent opent de map. Hij laat een flinke stapel papieren zien. 'Ziet u. Hij heeft al een heel verleden. Maar hij is ons steeds te slim af.'

'Er was ook een vrouw die een aap kwam kopen,' zegt Bastiaan ineens. 'Ze heette Tineke Blijboom.'

'Aha!' roept de agent. Hij maakt er een notitie van. Dan springt hij op. 'Laat de rest maar aan ons over. We gaan hem zo snel mogelijk vangen.'

'Agent?' vraagt Liselot.

De agent knikt.

'Mijn viool ligt nog in de kelder. Kunt u die meenemen?'

'Oeps!' zucht de agent. 'Dat is niet zo handig, dat hij daar ligt. Ik hoop dat meneer Bruinsma dat niet heeft gezien.'

Ik hoop het ook, denkt Thomas.

Vlak nadat moeder, Bastiaan, Thomas en Liselot het politiebureau hebben verlaten, klinken harde sirenes. Het tettert door de hele straat.

Moeder rijdt rustig weg.

'Mam,' zegt Thomas ongeduldig. 'Rij nou harder!'

'Ik pieker er niet over.' Via de spiegel voorin ziet Thomas moeders ogen. Ze twinkelen als sterren.

47

'Ja maar, ik wil de buurman zien! Met handboeien om!' zegt Thomas. Dat heeft hij nog nooit gezien. Hij vindt het erg spannend.

'Kom op, mam,' zegt Liselot nu. 'Harder harder!'

'Ja zeg, en dan een bekeuring krijgen. Ik kijk wel uit.'

Thomas voelt spanning in zijn maag. Moeder rijdt wel heel voorzichtig.

O, waren ze maar al thuis. Dan konden ze nog net de buurman zien.

Eindelijk ... het lijkt wel uren later, komen ze bij het huis aan. Overal politiewagens. Drie agenten staan in een kringetje met elkaar te praten. Maar waar is de buurman?

Thomas, Liselot en Bastiaan springen de auto uit. Ze hollen naar de agenten.

'Waar is hij?' vraagt Thomas hijgend.

De agent met de vrolijke snor draait zich om. 'Hij is ervandoor,' zegt hij ernstig.

49

9. Eerst die Bruinsma pakken

'Ervandoor?' roept Thomas. 'En de aapjes dan?'
'Die zijn ook weg,' zegt de agent.
'Moeten jullie er niet achteraan?' vraagt Bastiaan.
De agent knikt. 'Onze collega's zijn nu op zoek.
Wij moeten bij het huis blijven.'
'Ik ga naar binnen!' zegt een van de agenten. Hij
wijst naar de voordeur van de buurman. De
voordeur is opengebroken.
'Mag ik mijn viool pakken?' vraagt Liselot.
Nou zeg! denkt Thomas. Dat ze daar nu aan denkt.
Lekker belangrijk.
De agent schraapt zijn keel. 'Nee, die pakken wij.
Jullie moeten buiten blijven.'
'Jongens!' klinkt het achter hen. Het is moeder.
Liselot, Bastiaan en Thomas draaien zich om.
'Komen jullie mee?' vraagt moeder.
Liselot trekt haar wenkbrauwen op. 'Waarheen?'
'Naar huis.'
Nee hè, het wordt net zo spannend.
'Kom,' zegt moeder nog eens. 'Jullie zijn de
agenten alleen maar tot last. Ze zijn hard aan het
werk.'
'Gaan jullie maar,' zegt de agent met de krulsnor.
'Ik breng jullie op de hoogte als er nieuws is.'

Thomas, Bastiaan en Liselot zitten in Liselots
slaapkamer. Zo kunnen ze de agenten goed zien.
De agenten zijn druk in de weer. Ze lopen het huis

in, en dan weer uit. En ze praten steeds tegen hun mobiel.

'Als ze mijn viool maar vinden,' mijmert Liselot.

'Nou ja,' zegt Thomas. 'Als ze de áápjes maar vinden! En de buurman.'

'Ook,' zegt Liselot een beetje bozig.

Ineens klinken er allemaal sirenes. Thomas kijkt snel naar buiten. Bijna alle politieauto's rijden met piepende banden weg. Behalve de agent met de krulsnor. Hij blijft bij het huis staan en tuurt ernstig naar de wegrijdende wagens.

'Wat zou er aan de hand zijn?' vraagt Liselot.

'Ik denk dat ik het wel weet,' zegt Bastiaan. 'Ze hebben hem vast gevonden. Denk je niet?'

Thomas voelt een ongeduldige kriebel in zijn maag. Hij wil het nu weten. Zo stom dat moeder hen naar binnen stuurde! 'Kom, we gaan naar buiten,' zegt Thomas.

'En moeder dan?' vraagt Liselot voorzichtig. 'Zij vindt het niet goed.'

'Jammer dan,' zegt Thomas stoer. 'Ze is toch kikkers aan het schilderen. Ze heeft het waarschijnlijk helemaal niet door. Kom!'

Met z'n drieën sluipen ze de trap af. Zo stil als ze kunnen.

Eindelijk zijn ze buiten. Ze kruipen langs het raam van de woonkamer. Dan komen ze bij de agent aan. Zijn snor hangt een beetje slap. Het is eigenlijk geen vrolijke snor meer, eerder een sombere snor.

De agent kijkt Thomas, Liselot en Bastiaan

verbaasd aan. 'Ik dacht dat jullie naar binnen
moesten.'

Thomas haalt zijn schouders op.

De agent lacht geheimzinnig. Hij heeft vast door
dat ze dit stiekem doen. Agenten hebben dat
natuurlijk heel snel door. Die hebben steeds te
maken met mensen die stiekem doen.

'Waarom zijn alle politiewagens weg?' vraagt
Bastiaan.

De agent zucht diep. 'Ze weten waarschijnlijk
waar hij is,' zegt hij dan. 'Maar ze hebben hem
nog niet gepakt.'

'En Tineke Blijboom?' vraagt Liselot.

De agent gniffelt. 'Dat komt later wel. Eerst die
Bruinsma pakken!'

10. Jaap knipoogt

'Het staat in de krant!' roept Thomas enthousiast.
Liselot en Bastiaan komen naar hem toe gehold.
Met z'n drieën buigen ze zich over de krant.

Een apenhandelaar opgepakt

Dankzij een tip van de drie dappere kinderen, Thomas, Bastiaan en Liselot, is gistermiddag een apenhandelaar opgepakt, genaamd de heer Bruinsma. Hij werd al jaren gezocht maar wist steeds te vluchten wanneer men een tip gaf over zijn verblijfplaats. Eindelijk zit hij achter slot en grendel. De aapjes zijn naar Stichting Aap gebracht. Nu is de politie naarstig op zoek naar alle klanten die in de afgelopen jaren bij Bruinsma een aap hebben gekocht, onder wie Tineke Blijboom. Nader bericht hierover volgt nog.

Maarten Heuvel

'Give me high five!' roept Thomas!
Thomas en Bastiaan springen de lucht in. Ze slaan elkaar in de handen.
'Kom jongens, we gaan!' roept moeder vanuit de gang.
Thomas, Bastiaan en Liselot rennen de trap af.
Even later zitten ze in de auto.
'Maham, rij nou wat sneller,' zegt Liselot

geërgerd. Liselot heeft haar viool stevig in haar hand geklemd. Net of ze bang is hem nog een keer te verliezen.

'Waarom zou ik?' zegt moeder. Bij het stoplicht draait ze zich om. Er zit een grote pluk haar voor haar ogen. 'Ik ben zo trots op jullie!' zegt ze blij. Thomas wordt een beetje rood. Hij kan er nooit goed tegen als moeder een compliment maakt. 'Daarom moet je sneller rijden, mam!' zegt Liselot. 'Anders zijn we te laat voor de foto.'

Ze komen aan bij Stichting Aap. Toen Thomas er al een keer eerder kwam voor zijn werkstuk, was hij heel verbaasd. Hij had een gebouw verwacht waar alle dieren verzorgd werden. Een soort weeshuis, maar dan voor apen. Een apentehuis. Maar het lijkt meer op een dierentuin. Een kleine dierentuin.

Een man loopt hen tegemoet. Om zijn nek hangt een grote camera. 'Há!' zegt hij. 'Daar hebben we de helden. Loop maar met me mee.' Het is de man van de krant.

Ze komen bij een grote kooi aan. Er zitten twee bavianen in de kooi.

'Is dat Jaap?' vraagt Bastiaan.

'Jazeker,' zegt de man. 'Hij heeft het erg naar zijn zin. Maar hij is er ook het beste aan toe. Alle andere apen hebben veel meer verzorging nodig.'

'Jaap!' roept Liselot.

Jaap kijkt op. Hij begint enthousiast te gillen. Dan rent hij naar het hekwerk. Hij steekt zijn handje

erdoorheen.

Thomas durft nu wel. Hij loopt naar Jaap toe en pakt zijn handje beet. Heel even knijpt Jaap in zijn vingers. Dan springt Jaap enthousiast alle kanten op. 'Eu eu!' roept hij. Hij rent terug naar de andere aap. Hij begint hem te vlooien.

'Wat leuk!' zegt Liselot. 'Hij heeft gewoon een vriendje.'

'Een vriendinnetje,' zegt Thomas.

'Dat heb je goed gezien!' zegt de man van de krant.

'Hoe weet je dat?' vraagt Bastiaan.

'Bij bavianen zijn mannetjes een stuk groter dan vrouwtjes. Verder heeft zij geen lange haren in haar nek.' Ja, Thomas weet het nog goed! Wie weet schrijft hij ooit nog eens een boek over apen.

'Zo,' zegt de man van de krant. 'Jullie krijgen straks taart van het personeel hier. Maar eerst gaan we een mooie foto van jullie schieten.'

Liselot, Thomas en Bastiaan gaan met hun rug tegen het hek staan.

'Wilt u er niet op?' vraagt de man aan moeder. Moeder staart met grote ogen naar de apen. Ze hoort helemaal niet wat de man haar vraagt.

'Mam?' zegt Thomas.

Moeder schrikt op. Ze kijkt een beetje dromerig uit haar ogen. 'Wat?' vraagt ze.

'Wil je ook op de foto?'

'O nee. Nee, júllie zijn de helden,' zegt moeder.

'Maar ik heb zóóó'n leuk idee!'

'Wat dan?' vraagt Bastiaan.

'Ik ben die kikkers wel een beetje zat. Ik ga voortaan apen schilderen! Kijk nou naar Jaap. Wat een ééénig beest!'

Thomas, Liselot en Bastiaan gieren van het lachen. 'Nou mam, best leuk. Beter dan kikkers,' zegt Thomas. 'Maar kun je niet gewoon verschillende beesten schilderen? De ene keer een olifant, dan weer een zebra, dan ...'

'Nee hoor,' zegt moeder beslist. 'Apen! De komende tijd schilder ik alleen maar apen.'

'Nou,' zegt de man van de krant. 'Misschien wil ik er dan wel één van u kopen.' Hij knipoogt naar Thomas en zegt dan: '*Smile*!'

Er klinkt een klikje.

De man tuurt naar zijn camera. 'Ha!' lacht hij. 'Die is leuk!'

Thomas rent naar de man. Hij kijkt naar het schermpje op de camera. Op de foto zit Jaap vlak achter hem. Op een tak. En Jaap knipoogt! Dat is natuurlijk toeval, maar wel erg grappig! Thomas schatert van het lachen.

'Kom jongens,' zegt de man van de krant. 'We gaan taart eten!'

'Nee!' roept Liselot. 'Eerst moet ik nog vioolspelen voor Jaap!'

Zoeklicht

De serie Zoeklicht is bestemd voor kinderen van
9 tot en met 12 jaar. De boeken zijn spannend,
maar ook heel toegankelijk. Er zijn vier
leestechnische niveaus:

Zoeklicht start	AVI 3
Zoeklicht *	AVI 4
Zoeklicht **	AVI 5
Zoeklicht ***	AVI 6-7

Andere spannende Zoeklichtboeken

Je geld of je leven!
Jesse J. is alleen thuis en leest een boek.
Het gaat over boeven in het Wilde Westen.
Dan zwaaien de klapdeurtjes van de woonkamer
open.
Een cowboy staat in de opening.
Het is een schurk met een gemene grijns.
'Jesse J., ik ben je pa,' zegt hij.
'Meekomen, zoon! Wij gaan samen de bank
overvallen!'

De bende van het kerkhof
Ze noemen zich de bende:
De bende van het kerkhof.
Jer is er één van.
Hij en zijn vrienden kennen er elk hoekje.
Zij zien dan ook snel dat er iets mis is.
Waarom loopt er 's avonds een bewaker rond?
De poort is al dicht …